U0905040

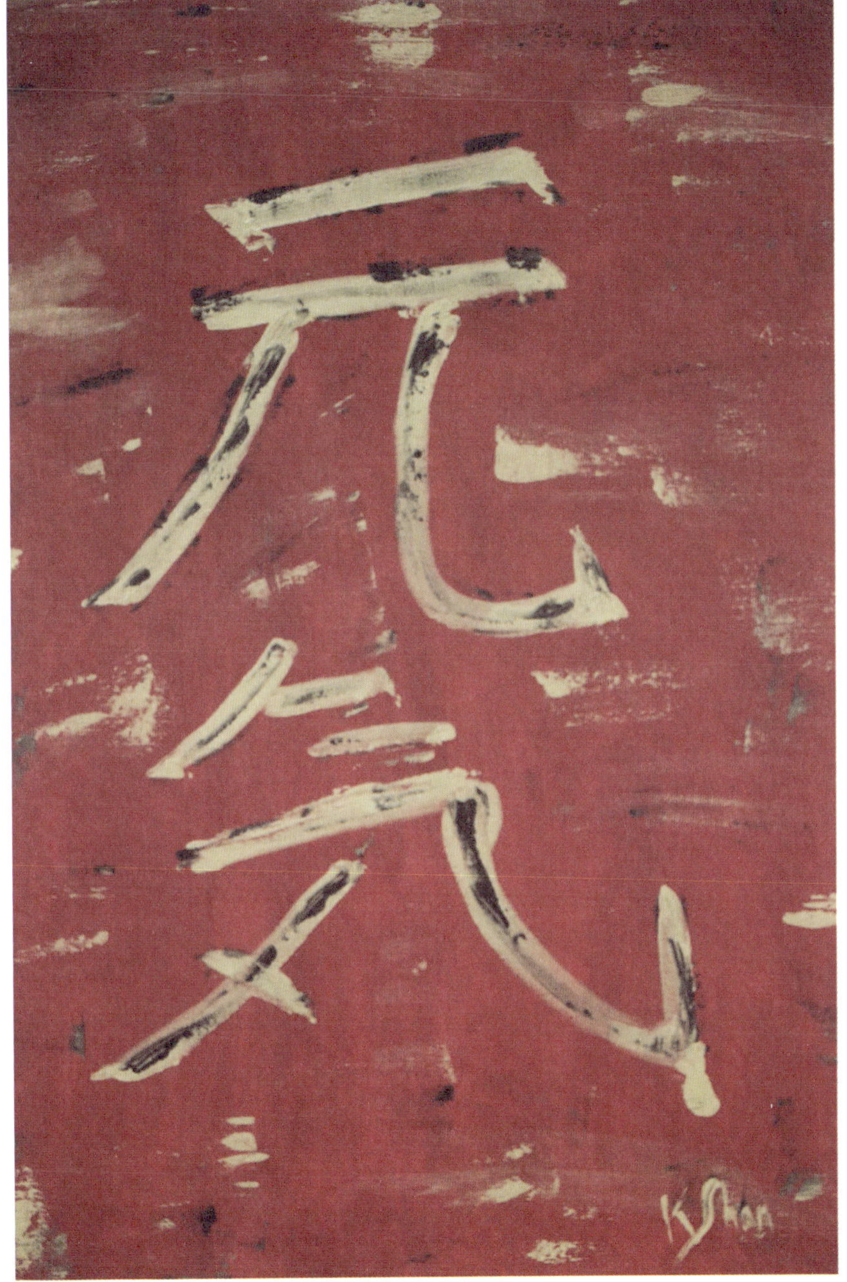
元気

KShan 16

K Shan

KShan

Lorsque Xiao Yueliang, petite lune
tire la langue,
Maître hibou s'offusque et fait
les gros yeux,
Pfff dit le croissant de lune
Qui se gavasse de jaune
Karine Shan

When the birds are singing
you can hear the pulse
of heaven...

Les lanternes rouges scintillent sur mon pelage,
Pour sûr, les reflets me font belle allure,
Je porte beau le chapeau de lettré,
Je fête l'aube d'une merveilleuse année!
Sous mes airs grognons mon coeur est grand,
Inquiet je le suis toujours, car il me faut assurer,
Contourner les obstacles et tenir la tête haute,
Fidèle je demeure à assurer la pitance de mon
clan.
Karine Shan

中法对照

# 心灵的记忆

# MEMOIRES DU COEUR

[法] 卡琳娜·培曼 著
Auteur: Karine Shan

袁俊生 译
Traducteur: Junsheng Yuan

中国画报出版社·北京
China Pictorial Press·Beijing

图书在版编目（C I P）数据

心灵的记忆：汉法对照 /（法）卡琳娜 · 培曼著；袁俊生译 . -- 北京：中国画报出版社，2018.10

ISBN 978-7-5146-1662-0

Ⅰ . ①心… Ⅱ . ①卡… ②袁… Ⅲ . ①诗集—法国—现代—汉、法 Ⅳ . ① I565.25

中国版本图书馆 CIP 数据核字 (2018) 第 197216 号

心灵的记忆

[法] 卡琳娜 · 培曼　著　　袁俊生　译

出 版 人：于九涛
责任编辑：刘晓雪
执行编辑：朱露茜
设　　计：刘　凤
责任印制：焦　洋
出版发行：中国画报出版社
（中国北京市海淀区车公庄西路 33 号 邮编：100048）
开　　本：32 开（880mm × 1230mm）
印　　张：4
字　　数：20 千字
版　　次：2018 年 10 月第 1 版　2018 年 10 月第 1 次印刷
印　　刷：北京通州皇家印刷厂
书　　号：ISBN 978-7-5146-1662-0
定　　价：50.00 元
总 编 室：010-88417359 版权部：010-88417359
发 行 部：010-68469781 010-68414683（传真）

# 序

她的父亲勒内 · 单是一位文人。

身为诗人和艺术家，他成功地摆脱了别人为他塑造的“商人”形象。

卡琳娜 · 培曼在商界和政界成长起来。

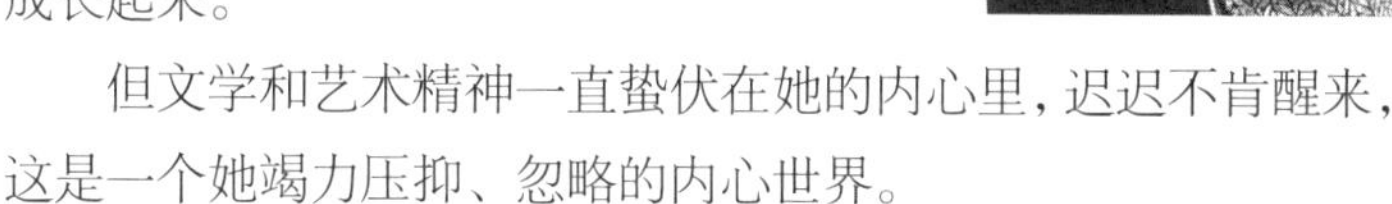

但文学和艺术精神一直蛰伏在她的内心里，迟迟不肯醒来，这是一个她竭力压抑、忽略的内心世界。

接着便出现了令人心碎的事。在迷茫的眼神里，惶惶不安的心灵拿起了钢笔和画笔。魅力渐渐展现在她的梦境、纸页和画板上。格调阴郁的作品被人接受了。在这种适合于创作的疯狂时刻，色彩斑斓的光线发生根本性的转变，难以捉摸的情感跃然纸上，融入画板之中。

这是一部充满了美感和丰富情感的动人作品。

拉伊 · 沙兹

# PRÉFACE

*Son père, René Shan était un homme lettré.*
*Poète et artiste, il réussit à se défaire de l'image « d'Homme d'affaires » dont on voulait l'affubler.*

*Karine Shan évolue dans le monde sérieux des affaires et de la politique.*
*Mais l'esprit des lettres et de l'art sommeillait en elle depuis longtemps : un monde qu'elle taisait, étouffait, ignorait délibérément.*

*Puis est venue la déchirure. L'âme en désarroi saisit alors entre deux regards confus la plume et le pinceau. La magie s'installe dans ses songes et sur les pages. Les obscurs sont acceptés. La lumière aux mille couleurs peut alors virevolter dans ces moments de folie propre à la création et coucher sur la page et la toile l'empreinte de ces sentiments intangibles.*

*Un premier ouvrage publié émouvant de beauté et de sensibilité.*

*Rai Chaze*

# 前　言

1970 年 9 月 27 日，卡琳娜·培曼出生在一个华裔家庭里。她的童年是在帕皮提度过的，她的祖母奥古斯蒂娜是帕皮提有名的裁缝，擅长制作具有当地特色的“漂亮裙子”，裙子上配着花边，并用贝壳作装饰。女士们都喜欢穿这种漂亮的裙子出席总督举办的舞会。

她的父亲是自修成才的艺术家，擅长赋诗作画。童年时期，各种图书给卡琳娜·培曼留下了深刻的印象。她虽然是在法国海外省长大的，却一直深受中国传统文化的熏陶。她成长的这个海外省就是迷人的波利尼西亚，那里的歌舞、风土人情以及美丽的自然景色也令人印象深刻。

在拿到高中会考文凭之后，卡琳娜·培曼前往法国本土学习法律。她在图卢兹获得法律硕士学位，并结识了克里斯托弗·培曼，两人后来喜结连理。婚后，夫妻俩在塔希提和新喀里多尼亚生活，并生育了三个孩子：拉斐尔、莫埃阿和马克西姆，她的丈夫是新喀里多尼亚人，而如今她也在新喀里多尼亚安顿下来。2015 年 1 月，丈夫不幸去世，她悲痛万分。为缓解内心的悲伤，她拿起画笔作画，拿起钢笔写作，通过绘画创作、赋诗、写散文，令自己在精神上回归到父亲曾经擅长的领域。

从那时起，她一直精心呵护自己的艺术，并凭借诗歌和绘画来描绘自己的根，描绘自己作为波利尼西亚华裔女性及艺术家的身份。她的作品带着迷人的亚洲色彩，带着孩提时代的稚气及爱情的伤感，当然还带着自然美的遐想。

# INTRODUCTION

Karine Shan naît le 27 septembre 1970, au sein d'une famille chinoise. Elle passe ses jeunes années à Papeete où sa grand-mère, Augustine, est une couturière renommée pour ses robes « purotu » et « mama ruau » ornées de dentelles et de coquillages, qui habillent les dames aux bals du gouverneur.

Son père René Shan est un artiste autodidacte, poète et peintre, dont l'univers livresque marque son enfance. Elle grandit ainsi au cœur de la culture chinoise sur un territoire français d'outre-mer teinté d'exotisme polynésien, fait de chants et danses, de scènes de vie et de paysage de carte postale.

Après l'obtention de son baccalauréat, elle s'envole pour la France et embrasse des études de droit. Après l'obtention d'un master à Toulouse, c'est la rencontre et le mariage avec Christopher Paiman. Avec leurs trois enfants, Raphaël, Moea et Maxime, le couple vit entre Tahiti et la Nouvelle-Calédonie, pays d'origine de son mari, où elle réside actuellement. La perte de son époux en janvier 2015, déclenche en elle un besoin irrésistible de s'exprimer au travers de la peinture et de l'écriture qui lui permettent de transcender la douleur du deuil, tout en se rapprochant spirituellement de son défunt père.

Depuis, elle cultive son art grâce auquel elle a retracé ses origines et son identité de femme chinoise polynésienne et d'artiste. L'univers créatif dans lequel elle évolue est fortement empreint des charmes de l'Asie, la mélancolie de l'enfance, de l'amour, ou encore de contemplation de la beauté de la nature.

# 目　录
SOMMAIRE

# 第一章 蓝黑

# CHAPITRE I – BLEU NOIR

# 一、悲伤与心灵的呐喊

# I. DETRESSE ET CRI DE L'AME

## 献给我的龙神

空气氏族的龙神正直、狂热、威严，他将一束束爱情之火喷于我身，灼热的激情撩得我热血沸腾。细语柔声的情话，浓浓的爱意，令我春心荡漾，竟以为自己也变为龙神，但我并不属于空气氏族，而是来自大地氏族。他安慰我，说我就是他的灵魂伴侣，要我住进他的龙洞，去过与世隔绝的生活。他要巡游四周，向各方发起挑战，以保护我们的后代。我们住在柔软舒适的环境里，唯有空气氏族才能在此尽情享受。周围世界险象丛生，到处是黑暗和猛兽，要尽力保护好自己。尤其要提防携带致命病毒的鬣狗，他担心鬣狗会让龙神染上疾病。他格外警惕，制定谋略，去遏制肇事者，清除捣乱分子。

一天，我缓步来到一池湖水旁，看到水中的倒影，心绪难平，竟认不出自己的面容。我究竟是谁呢？在水面的倒影里，仅能看到他的影像。

如今，我孤身一人，悲痛欲绝，从此，一池清静的湖面上，却再也看不到他的倒影。我的龙神倒下了，劳累击垮了他，搏斗耗尽了他最后一口气，我竭尽全力去包扎他的伤口，却未能挽回他的生命。

历经奋斗，饱经沧桑，我的龙神还是走了，去追寻自己的氏族祖先。如今，再也听不到他激情澎湃的话语，听不到他运筹帷幄的计划，听不到他在我耳畔倾诉的浓浓爱意。

天亮了，我要接受挑战，独自一人去闯荡，虽然没有龙神的保护，却依然能感觉到他那慈祥的目光。

## A toi, mon dragon éternel

J'ai aimé un dragon du clan de l'air, vertueux, impétueux et tellement majestueux, qui me crachait ses flammes d'amour. Il m'a brûlée de son incandescence. Il m'a tellement parlé, aimé, réchauffé que j'ai cru être moi aussi une dragonne de l'air, or mon clan était celui de la terre. Il me disait que j'étais son âme sœur dragon, et que nous devions rester vivre dans sa caverne isolée du monde. Lui parcourait les environs pour faire la guerre et protéger notre progéniture. Nous vivions dans un cocon douillet où seul son clan avait le droit d'approcher. Le monde était à ses yeux dangereux, rempli de ténèbres et d'espèces animales dont il fallait se protéger. Il se méfiait particulièrement de ces hyènes puantes et malfaisantes, porteuse d'un virus mortel, il avait peur qu'elles contaminent les dragons. Il surveillait donc et élaborait des stratégies pour contenir et éliminer les fauteurs de trouble.

Un jour, je m'aventurais près d'un lac et ce que j'y vis me troublât, mon reflet était brouillé, je ne m'y reconnus pas, qui étais-je ? Dans ce reflet je ne voyais que son image.

Je suis seule et triste aujourd'hui, désormais dans les eaux du lac je ne vois que mon reflet. Mon dragon s'est éteint, harassé de la fatigue, de ses combats et meurtri des blessures que je passais des heures durant à tenter de panser de mon mieux.

Après une vie passée à se battre, mon dragon est parti, il est parti rejoindre son véritable clan, celui de l'air. Il n'est plus là aujourd'hui pour me réchauffer et me parler pendant des heures de ses projets pour notre tribu et de son amour pour moi. Le jour se lève, il me faut maintenant relever le défi de parcourir seule le monde sans la protection de mon dragon mais sous son regard bienveillant.

## 灵魂伴侣

一对精灵不期而遇，相互吸引融为一体，
抹去棱角，倾心磨合结为灵魂伴侣，
突破身份的束缚，去拥抱价值与自由，
让爱情去弥补各自的差异。

灵魂伴侣携手并进，相互鼓励，
陶醉在温情中，融化在热吻里，
顺应情感同化，靠理解去摒弃恶习，
互赞互敬，精心呵护脆弱的根基。

灵魂伴侣共闯难关，即使鲁莽也要在一起，
道别时如生死分离，回眸一瞥萌生睿意，
他们要让背叛蒙羞，尤为憎恨表里不一，
沐浴着浓郁的爱意，永生永世绝不分离。

## Les âmes sœurs

Évidence d'une rencontre, attraction
Et fusion de deux esprits,
Les âmes sœurs frottent leurs aspérités,
Font fi de leurs rugosités,
Confrontant leurs identités,
Elles embrassent avec force valeurs et libertés,
Épousant amoureusement le relief de leurs altérités,

Les âmes sœurs s'encouragent,
Se relèvent et comblent leurs vacuités,
Emprunts d'empathie, elles aspirent
À comprendre et dénouer les culpabilités,
S'enivrant de la tendresse
Et de la volupté de leurs étreintes passionnées,
Elles chérissent leurs fragilités,
S'émerveillent de leurs virtuosités,

Les âmes sœurs traversent la vie,
Unies dans leurs témérités,
Elles se confondent dans le jeu d'un regard,
Meurent d'être séparées,
Détestant l'ambivalence, elles honnissent les trahisons,
Veulent être justifiées, vivant un amour indéfectible,
Elles s'attachent l'une à l'autre pour l'éternité.

## 影子

椰子树叶在我悲伤中轻轻摇曳，
一波波海浪喷吐出痛苦的泡沫，
半明半暗小路遮蔽着我的悲痛，
影子遮住我的心，道路坎坷崎岖，
白千层的芳香抒发着我的焦虑。

一道道难关让我收住脚步，
急促的呼吸让我备感压力，
精神已被遁世之念死死缠住，
双肩塌陷，身体不想再生存下去，
从容与平和起身离去，
将疑虑与恍惚遗弃在那里。

往事的回忆化解我的顽念，
宛如聆听一首幻想催眠曲，
你的声音色彩已被抹去，
内疚与憾意亦远离而去，
诺言之床上的鸡蛋花已凋谢，
痛苦的呻吟从我内心深处升起。

## Les ombres

Les palmes des cocotiers tressaillent
Au souffle de ma tristesse,
Les vagues crachent leur écume de douleur,
La pénombre du sentier abrite ma souffrance,
L'odeur suave des niaoulis exhalent mes angoisses,
Le chemin devient hostile, les ombres voilent mon cœur,

Mon pas se cale au rythme des questionnements,
Ma respiration difficile subit l'oppression,
L'esprit devient prisonnier
De cette spirale infernale du renoncement,
Le corps ne veut plus vivre et les épaules se voûtent.
Paix et sérénité se sont envolées,
Ne subsistent plus que le doute et l'absence.

Les souvenirs du passé fondent mon obsession,
Tel le chant hypnotique des chimères,
La couleur de ta voix s'est effacée,
Les remords et les regrets envolés,
La fleur du frangipanier s'est fanée
Sur le lit des promesses déchirées,
Des profondeurs de mon âme
Devenue orpheline monte la plainte des tourments.

## 最后的翱翔

面对陌生的世界，
我的灵魂朝你飞去，
面对陌生的世界，
我只想和你在一起；

再拉一次我的手，
待我睡熟时来我床头，
我们要一起去光明的天界，
去看盛开的樱花和富士山；

再拉一次我的手，
待我睡熟时来我床头，
身着豹纹装出门夜行，
去暗礁捕捞鲜活的龙虾；

再拉一次我的手，
待我睡熟时来我床头，
再说一遍“我爱你”，
我太想听到你的甜言蜜语；

再拉一次我的手，
待我睡熟时来我床头，
让我感觉你还活着，
感受你对孩子的浓浓爱意。

## Dernier envol

Devenue étrangère au monde,
Une partie de mon âme s’est envolée avec toi,
Devenue étrangère au monde,
Je n’aspire plus qu’à te rejoindre,

Prends-moi la main encore une fois,
Viens me chercher quand je dors,
Que nous volions ensemble vers les cieux radieux,
Les «Sakura» en fleurs et le mont Fuji nous attendent,

Prends-moi la main encore une fois,
Viens me chercher quand je dors,
Pour une chevauchée nocturne avec les raies léopard,
Une chasse exaltante sur le récif des langoustes porcelaine,

Prends-moi la main encore une fois,
Viens me chercher quand je dors,
Redis moi à nouveau que tu m'aimes,
J'ai tant besoin d'entendre tes doux serments,

Prends-moi la main encore une fois,
Viens me chercher quand je dors,
Fais-moi juste sentir ce que tu vis à présent,
Irradie moi de l'amour du Père.

## 哀悼经

我的无能搭建起你的道路，
我的反抗构筑起你的温柔，
我的忧伤引发出你的慰藉，
我的愤怒激发起你的正义。

我的泪水铸造出你的爱意。

主啊，吹拂我的伤口吧！
让我时刻都能感受到你，
悲痛净化了我的灵魂，
你的精神温暖了我的心。

主啊，恳求您来照亮我的黑夜……

## De Profundis

Mon impuissance fonde tes voies,
Ma révolte fonde ta tendresse,
Ma détresse fonde ta consolation,
Ma colère fonde ta justice,
Mes larmes fondent ton amour,

Souffle, souffle Seigneur sur mes blessures,
Inonde mon corps de ta présence,
Le chagrin a raviné mon âme,
Que ton esprit l'embrase de sa chaleur,

Fais-moi l'aumône de ta grâce Seigneur,
Viens éclairer ma nuit...

## 复原能力

污浊伤害身体、灵魂和精神，
将毒液喷满全身，

污浊给自身带来耻辱，
将其封入发臭的脉石，
引起愤懑，却令人束手无策，
将人拖入虚无；

污浊是烧痕，将记忆嵌入皮肉，
仰仗挚友的回忆来修补；

污浊是冒犯、否定他人，
将牺牲者的清白打入地狱。

## Résilience

La souillure blesse le corps, l'âme et l'esprit,
Répand son venin dans l'entièreté de l'être,

La souillure jette l'opprobre sur soi,
Enferme dans sa gangue puante,
Entraîne rage et impuissance,
Tire vers le néant,

La souillure est brûlure, incruste son souvenir
Dans le tréfonds de la chair,
Réclame réparation de la mémoire de l'intime,

La souillure est offense et négation de l'autre,
Crucifiant au schéol l'innocence des victimes.

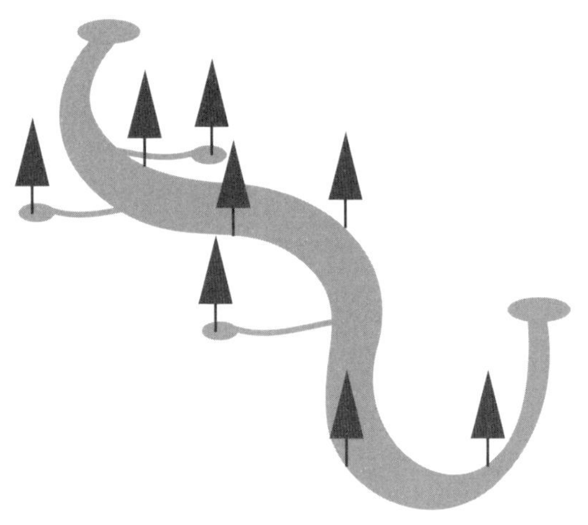

# 二、 身影与诀别

# II. LE PASSE ET L’ABSENCE

## 通往光明之路

一天清晨，在铁林山岗上，她来找他说话，
她的脚步在红土地、石灰岩上踏来踏去，就为能够找到他，
在小路转弯处，在干枯森林的深处，
她听见蓝顶鹦鹉低声吟唱他们的爱情史话，
萧瑟的微风、大自然的狂风，她的爱人就在那，
她清晰地感觉到他，
所有感觉瞬间澎湃到炸，
高兴地认出他的身影、他的嗓音，
那声音虽镇定，却激情汹涌纯洁无瑕。

她向他倾诉诀别后的痛苦，他微微一笑：
“我把你和三个孩子的名字文在胳膊上，
我们的爱情之火依然在燃烧……
我把你们带入光明，唯有内心最强大……
你就像白千层的树干，在片片白色树皮下，
掩盖着珍贵的木材和心涯。”

沿着松柏青翠的小路走了一程又一程，
他紧紧拥抱着她，
最终消失在风中，重返光明天涯。
她一动不动，沉浸于内心的回忆，
抬眼向远方望去，望着露出蓝天的云霞。

## Le passage vers la lumière

Un matin, sur la colline des bois de fer,
Elle est venue lui parler,
Ses pas ont foulé la terre rouge et la roche calcaire
Pour mieux le retrouver,
Au détour d'un sentier,
Dans les méandres de la forêt sèche,
Elle entendit les loriquets à tête bleue
Fredonner l'histoire de leur amour,
Son bien aimé était là, dans le murmure du vent
Et le souffle puissant de la nature,
Elle sentait sa présence avec acuité,
Tous ses sens étaient en émoi,
Elle reconnut avec bonheur sa silhouette
Et sa voix chaude, un brin pacifiée
Mais toujours remplie de fougue,

Elle lui livra toute sa peine et la douleur de son absence,
Alors dans un sourire il lui livra ceci,
«J'ai tatoué ton nom
Et celui de nos trois enfants sur mon bras,

La flamme de notre amour brûle toujours...
Je vous entraîne avec moi dans la lumière,
Rien n'est plus puissant que le cœur...
Tu es semblable au tronc des niaouli,
Sous les lambeaux de leur écorce blanchâtre,

Se trouvent le bois précieux et le cœur.»
Après s'être promenés sur les chemins
Bordés de pins et de gaïacs,
Il l'étreint longuement avant de disparaître
Et s'en retourner vers la lumière.
Elle resta immobile le regard fixé sur l'horizon
Et la trouée du ciel, nourrie de tous les souvenirs gravés
Dans la mémoire de son cœur.

# 遐想

面对蓝色礁湖，吹拂着海风，
我的呼吸舒缓下来，
海水慢慢地退去，
露出浅浅的沙洲。

夕阳西下，天空染得通红，
又逐渐变为橙黄，
这是放松的梦幻时刻，
去体验溅在身上的浪花泡沫。

从海水浸湿的细沙里，
涌出海带及碘的气味，
这仅仅是短暂的歇息，
又要集中精神，轻轻地呼吸。

闭上双眼，想象着你就在我身旁，
面带微笑，拉着我的手，
我深爱这甜美的微笑，
爱这魂牵梦绕的微笑。

## Rêveries

Face au lagon bleu dans la brise marine,
Ma respiration se calme,
La mer se retire lentement
Pour laisser affleurer le platier,

Tandis que le jour décline, le ciel s'embrase,
Devient jaune orangé,
C'est une heure rêvée pour se détendre,
Goûter les embruns sur ma peau tirée,

Du sable mouillé monte les effluves
Musqués des algues et de l'iode,
Juste un moment de répit pour se recentrer,
Respirer doucement,

Fermer les yeux et t'imaginer près de moi,
Me tenant la main, souriant,
Je rêve de ce sourire que j'aime tant.

## 思念

在风中感受到你的气息，
我全身灌满了你的爱意。
你满面春风，明眸善睐，
散发出天朝的光彩，
让痛苦变为灿烂的晨曦。

你永远活在我们的记忆里，
你每天都让我们鼓起勇气。
你进入难以形容的天堂，
那里既无宽度又无深度，
却永远驻留在我内心里。

## Pensées

Lorsque ton souffle se mêle à celui du vent
Je suis envahie par ton amour.
Enfin délivré de tes peurs,
Tu es devenu libre de nous aimer.
Je vois ton visage et tes yeux rayonnants,
Auréolés de lumière céleste.
Il est des souffrances qui se transforment
En des soleils incroyables.

Tu demeures vivant dans notre mémoire
Dans un éternel présent.
Je sens le courage que tu nous insuffles chaque jour.
Tu as rejoint l'ineffable paradis
Qui n'a ni largeur ni profondeur.
Tel l'alpha et l'oméga, à jamais dans mon cœur.

## 飞越彩虹

哪怕只是一宿一个时辰，
摸摸你、呼吸你、向你倾诉，
有时真想拖住记忆的时光。

抚摸着你光滑的皮肤，
看着你，感受你跳动的心脏。

闭上双眼时感到生命在涌动，
爱情贯透我全身，
我们相拥在一起，只要我去念想。

## Over the Rainbow

J’aimerais parfois tirer sur le fil des souvenirs
Pour te toucher, te respirer,
Te parler encore l’espace d’une nuit, d’une heure.

Rester à te regarder,
Sentir les battements de ton cœur,
Caresser la douceur de ta peau.

Alors je ferme les yeux
Et je sens en moi la vie qui jaillit,
L’amour qui me traverse
Et nous sommes ensemble quand il me plaît.

## 爱情的秘密

距离代表着一种寂静，
离别渐渐让人适应，
我们依稀记得各种感受，
仿佛仍能听到远去的脚步声。
温柔的轻抚，澎湃的激情，
内心的秘密，欢快的笑声，
妙觉、快乐、促膝、顾盼，
柔情似水，爱意缱绻。

情人去矣，焉能还有爱情？
我们相爱过，也曾有过怨恨；
我们萌生过爱欲，亦曾相互摒弃。

情人出走，焉能还有爱情？
朝三暮四是人类最大的不幸，
柔情蜜意灰飞烟灭，
海誓山盟化作泡影。

无论遭遇多少挫折，
仍要踏上新的征程，
直至心脏不再跳动。

为孕育出更多的幻想，
让我们的心涌满爱情。
我们渴望得到长久的爱，
但更希望得到纯真的爱。

上帝将无条件的爱镌入我们内心和灵魂，
融化在我们的血液中。
愿耳畔再次响起呼唤：我选择了你，
你是我的唯一，我爱你永世永生。

## Mystère amoureux

La distance est un silence,
L'absence s'apprivoise,
On entend encore des pas,
On se rappelle encore des sensations,
Des émotions, des caresses,
Des rires, des secrets,
Des mystères et des joies,
Des discussions, des regards,
De la tendresse, de l'attachement,
Que devient l'amour quand il s'en va ?
On s'est aimé, désaimé,
On s'est désiré, rejeté,
Que devient l'amour quand il s'enfuit ?
L'inconstance est la pire des misères de cette humanité,
Les sentiments s'envolent,
Les serments se défont,
Et malgré tout, on est prêt à recommencer,
Encore et encore, jusqu'à ce que nos cœurs
S'arrêtent de battre,
Pour nourrir nos fantasmes et remplir notre cœur béant,
D'amour, assoiffé d'éternité,

Et d’être tout simplement aimé,
De cet amour inconditionnel que
Dieu nous a imprimé dans nos cellules,
Dans notre âme et notre cœur,
Pour se réentendre dire : je t’ai choisi,
Tu es spécial pour moi
Et je t’aime de toute éternité.

## 马拉阿姆

天空刮起马拉阿姆，
瞬间变暗的特摩阿纳奔腾咆哮，
掀起乳白色的巨浪；

天空刮起马拉阿姆，
团团乌云在特拉伊上下翻滚，
寻找避风港的燕鸥奋力翱翔；

天空刮起马拉阿姆，
特乌阿借助风势淹没大地，
海洋中鱼儿畅游，座头鲸在欢唱；

天空刮起马拉阿姆，
肥沃的特佛努阿得到净化，
抑郁的情绪一扫而光。

**词汇**

马拉阿姆：南风
特拉伊：天空
特佛努阿：土地
特摩阿纳：海洋
特乌阿：暴雨

## Mara'amu

Quand souffle le *mara'amu*,
*Te moana* tempête et vire au bleu-noir,
Se hérisse d'écume blanche et laiteuse,
Quand souffle le *mara'amu*,
*Te ra'i* s'obscurcit de nuages sombres qui dansent,
Tandis que les sternes planent
Et accélèrent leur course au refuge,

Quand souffle le *mara'amu*,
*Te ua* se mêle au vent pour inonder la terre,
Dans l'océan, les poissons fraient
Et les baleines à bosse chantent,

Quand souffle le *mara'amu*,
Les esprits chagrins sont balayés,
*Te fenua* est fécondée et purifiée.

### Lexique

*Mara'amu* : Vent du sud
*Te moana* : L'océan
*Te ra'i* : la ciel
*Te ua* : la pluie
*Te fenua* : la terre

## 爱情的折磨

我希望你去爱，
爱到让灵魂摇摆，
让根基倾覆扫平障碍；
我希望你去爱，
爱到让心灵一起震颤，
遏制折磨摆脱惊骇。
激情过后方显真正的爱，
既非负担又非不快，
用海誓山盟与灵与肉，
去造就真正的爱。

## Tourment d'amour

Je vous souhaite d'aimer
Jusqu'à vous en faire vaciller l'âme,
Bousculer vos fondements et balayer vos limites
Je vous souhaite d'aimer pour vibrer à l'unisson
Délivrer vos peurs et inhiber vos tourments
L'Amour véritable suit la passion
Mais il n'est ni fadeur ni ennui,
L'Amour véritable est fait de serments
Et de communion de corps et d'esprits.

# 第二章　红与金

# CHAPITRE II – ROUGE ET OR

# 一、家族与根

# I. LA FAMILLE ET LES RACINES

## 小精灵

致我的孩子

你看着我，我看着你，
我们的目光融会在一起，
你的眼睛、睫毛和额头，
我越看越欢喜。
你把小嘴贴在我乳房上，
贪婪地吸吮乳汁，
从奶水里涌出浓浓的爱意，
你脸上露出满意的笑容，
额头上却渗出细细的汗滴。
我全身浸透着你可爱的气息，
抚摸着你胖乎乎的小手臂，
真想再一遍遍地吻你。
谁也甭想伤害我们，
甜蜜的光晕把我们裹在一起。
我的心已不再属于自己，
小精灵啊，你永远会让妈妈欢喜。

## Petite âme

A mes enfants.

Nos regards s'accrochent et se fondent,
J'admire le dessin de tes yeux,
La délicatesse de tes cils, la courbe de ton front,
Ta bouche sur mon sein me tête avidement
Et de mon lait s'écoule un amour immense.
De minuscules gouttes de sueur perlent sur ton front,
Tu ébauches un sourire de contentement,
Je m'imprègne de ton odeur suave
Et caresse tes petits bras potelés,
Juste envie de t'embrasser encore et encore.
Un halo de douceur nous enveloppe,
Rien ne peut nous atteindre.
Mon cœur ne m'appartient plus, petite âme,
Tu l'as ravi pour toujours.

# 九泉之下的笑声

祖先的嗓音似与荔枝窸窣声融在一起，
见他们对鲜红果实如醉痴迷，
听他们望着荔枝发出笑声，
我张口朝饱满的果实咬下去，
酸甜的果汁涌入我嘴里，
柔软的果肉散发出美妙的香气，
沾上果汁的手指像抓了蜂蜜，
祖先把欢乐果的美味留给我，
尽享上帝最精美的赐礼。

## Rircs d'outre-tombe

La voix de mes ancêtres se mêle au bruissement du letchi,
Je les vois s'extasier sur la grosseur des grappes sanguines,
J'entends leurs rires gourmands suscités
Par la beauté du fruit précieux,
Je mords à pleines dents dans la coque granuleuse,
Le jus sucré, légèrement acidulé coule dans ma bouche,
La chair délicate et fondante
Du letchi libère son parfum doux,
Laisse mes petits doigts poisseux,
Mes ancêtres m'ont légué le goût de ces fruits joyeux,
Délicats présents du Divin.

## 中国梦

每一天我都梦想诗歌梦想中国，
真诚希望能找到我的根……

我梦想变为红色和金色，
梦想着书法与画作；

看那淹没在云雾中的高山，
蜿蜒的河流及富饶的平原；

东风的强大气息包裹着我，
清新的气息带我去寻根问祖；

我猜着种种声响，感受万物的轮廓，
听着众人用“客家话”聊天的乡音；

血溶于水的记忆涌上心头，
让流落他乡的我魂牵梦萦……

## Rêve de Chine

Tous les jours je rêve de poésie et de Chine,
Comme envie d'atteindre mes racines …

Je rêve en rouge et or,
Je rêve de calligraphies,

Défilent les monts noyés dans les brumes,
Les fleuves sinueux et les plaines fertiles,

Le souffle puissant du vent d'orient m'encercle,
Je respire cet air si différent
Qui me ramène à mes ancêtres,

Je devine les bruits, perçoit les silhouettes,
Entends les conversations
Au son de mon dialecte « Hakka »,

Montent alors les souvenirs de ma mémoire de sang,
Qui habitent en moi,
Me hantent avec bonheur, moi la déracinée…

# 静湖秋月

云雾缭绕于泰山之顶，
玉女亭的轮廓映衬其中，
闺阁生活交织着泪水与欢乐，
玉女香闺里飘出悠扬的琴声，
一曲静湖秋月难表意境。
花园里扬起徐徐微风，
吹拂着莲花，水池里涟漪丛生，
伴随茉莉花散发出淡雅幽香，
传来木屐踏在地板上的笃笃声，
侍女迈步时丝裙的窸窣声，
空气中弥漫着浪漫与情话，
皇家的婚事筹于玉女亭中。

## Lune d'automne sur un lac calme

Dans la brume du Mont Tai Shan, se découpe
La silhouette du pavillon de la princesse de jade,
Rires et larmes se mêlent à la vie du gynécée,
De la chambre princière s'élèvent des notes de cithare,
« Lune d'automne sur un lac calme »,
Dans les jardins une brise exquise souffle,
Caresse les fleurs de lotus, ondule l'eau des bassins,
Les pétales de jasmin velouté exhalent une odeur suave,
Parfum évanescent.
On entend la soie des robes des servantes
Qui bruissent à chaque pas,
Le cliquetis des souliers de bois sur le parquet des couloirs,
Romance et chuchotements flottent dans l'air,
Un mariage royal se prépare
Dans le pavillon de la princesse de jade.

## 提阿胡普：半岛伊甸园

我在这暗蓝的大海上划水，海浪拍打着暗礁，白燕鸥在天空翱翔，时而落在海边枯木枝和岩石上。我划到暗礁附近的沙洲处，大海变了颜色，变成绿松石色。一团团黄珊瑚在水下清晰可辨，远处海面上不时冒出鲨鱼翅的“黑尖”。五颜六色的热带鱼在水下游动，仿佛跳着迷人的芭蕾舞。“帕华”那带着黑线条蓝色唇边看上去真是漂亮极了。我继续在暗礁处划水，四周的景色美不胜收，我转过身，准备朝岸边划去，远处的半岛好似一幅壮丽的背景。光线照在一道道山脊上，映出一层层由浅入深、变幻无穷的绿色，面对这永恒的景色，我内心里仿佛涌出一种充实感。一条条瀑布顺着岩壁飞流直下，汇入一座水池，有时会直接流入大海里。我朝岸边划去，划到小河的河口处，河口绿荫葱葱，高大的“玛佩”形成一座美丽的树林。玛佩树根密布，盘根错节，玛佩果壳散落在树根上。“普希”躲藏在一块块大岩石下，在河水光滑的卵石上游来游去，灰色的小山羊站在树叶下露出自己的犄角。“普阿托罗”不时会沿着陡峭的河岸吃草，从树根的水窝里饮水。

## 词汇

帕华：扇贝

玛佩：塔希提栗子树

普希：鳗鱼

普阿托罗：牛

## Teahupoo, Eden de la presqu'île

Je glisse sur cette mer bleue nuit, je n'entends que le bruit des vagues qui déferlent sur le récif, des sternes blanches planent et se posent quelques instants sur les branches de bois morts et les rochers qui affleurent l'eau. J'arrive sur le platier près du récif et la mer change de couleur, devient turquoise. Les patates de corail jaunes se laissent voir, de temps en temps un aileron de requin «pointe noire» émerge à la surface. Une myriade de poissons multicolores entame un ballet enchanteur. Les lèvres bleutées, ourlées de noirs des «*pahua*» capturent mon regard. Je continue à surfer le long du récif et le paysage se transforme, je me tourne vers la terre et admire la majesté du décor. La lumière teinte les flancs de la montagne de mille nuances de vert, une sensation de plénitude m'envahit devant le spectacle de ce paysage immuable. Des cascades glissent le long des parois et finissent leur parcours dans une vasque, parfois l'eau rejoint directement la mer. Je reviens vers la côte et arrive à l'embouchure d'une rivière, ombragée par une forêt de «*mapé*» de toute beauté. Leurs racines forment un entrelacs magique sur lequel tombent les coques. Sous les rochers se nichent des «*puhi*» d'une taille impressionnante, ondulant leurs corps souples sur les cailloux lisses de la rivière, les longues antennes de chevrettes grises se laissent découvrir sous les feuilles. De temps à autre, des «*puatoro*» viennent paître le long des berges et boire dans le creux des racines.

**Lexique**

*Pahua* : bénitier

*Mapé* : châtaigner tahitien

*Puhi* : anguille

*Puatoro* : boeuf

## 氏族的怀念

我的精神在柏树荫下飘移，
微风勾起幸福的回忆，
夹杂着润土和草地的香气，
响起孩子们清脆的笑语，
绚丽的风筝高高飞起，
在风中盘旋发出啪啪声息。
童年时氏族聚集在一起，
我的头倚靠着母亲的双膝，
漫步在父亲的身影里，
记忆中童年时光充满笑意。

## Nostalgie du clan

Sous l’ombre d’un cyprès mon esprit vagabonde,
La brise légère fait remonter en moi
Des souvenirs heureux,
L’odeur de la terre humide,
De l’herbe foulée,
Les rires cristallins d’enfants qui résonnent,
Volent les silhouettes hautes
Et colorées des cerfs- volants,
Qui impriment le vent et claquent gaiement,
Le temps du clan uni lorsque j’étais enfant,
Lorsque je posais la tête sur les genoux de ma mère,
Et que je marchais dans l’ombre de mon père,
Heureux souvenirs d’enfance qui sourient à ma mémoire.

# 二、一颦一眸，一行一友

# II. UN REGARD, UNE PRESENCE, UN GESTE, UN AMI

## 雨帘

穿过淅沥沥的雨帘，
额头沾满无数的水滴，
滋润着疼痛的身躯；

穿过淅沥沥的雨帘，
雨水带走悲伤与叹息，
我又平静如初恢复生气；

穿过淅沥沥的雨帘，
淡淡的光线射透斜雨，
即将呈现新的一季。

## Rideau de pluie

Je traverse un rideau de pluie,
Mille gouttes tombent sur mon front,
Glissent sur mon corps endolori,
Je traverse un rideau de pluie,
Qui emporte chagrins et soupirs,
Revivifie et m'inonde de sérénité,
Je traverse un rideau de pluie,
Pénétré de timides rayons de soleil,
Prémisses d'une nouvelle saison.

## 珍贵的友谊

友谊是一件宝贵的容器，
容纳你的苦乐与秘密，
容器中精油香气四溢，
让人镇定给人慰藉，
友谊仅善意聆听而不恶意抨击，
既善解人意又赋予人生活意义，
面对生活的考验鼓起勇气，
友谊之礼正是神所赐予。

## Précieuse amitié

Elle est le vase qui recueille tes douleurs,
Tes secrets et aussi tes bonheurs,
Elle est le vase débordant d'huile parfumée,
Qui console et pacifie,
Elle est une oreille attentive
Et bienveillante qui ne condamne pas,
Te fait prendre conscience de ta valeur,
De ta singularité,
Elle devine tout et te révèle un détail
Qui te redonne le sens,
Te permet de traverser les épreuves de la vie,
Elle est un cadeau sensible de Dieu.

## 女诗人

献给闺蜜拉伊·沙兹

狂热感之下韵律显得格外丰富，
完美描绘出欲望及情人的拥吻，
细腻的生活感受化入内心熔炉；

创意在她笔下跳跃，诗句信手拈来，
梦境中绘出甜蜜的水彩画，
神奇的故事值得向孩子们叙述；

嗅着浪花，她向轻拂的海风敞开心扉，
陶醉于生活的苦楚与幸福，
她与穷苦人同吃一碗饭，一起受苦；

分享他偶遇朋友时的欢乐，体验他的孤独，
将每一珍贵时刻画入记忆，
把浓浓爱意传给孩子，让他们插翅立足；

曙光里的她如此美丽，与神对话心满意足，
落下怀念泪水的她如此美丽，父母不在仅剩归途。

## La poète

A mon amie Rai Chaze

Quand ses sens sont exacerbés,
Les rimes foisonnent,
Décrivant si bien le désir,
Les étreintes passionnées de ses amants,
Tel vit la poète, réceptacle délicat de la vie,

Entre ses mains palpite la création,
De sa bouche jaillissent les vers,
De ses rêves,
Naissent des aquarelles aux couleurs de miel,
Des contes merveilleux
Qui parlent aux enfants,

La poète hume le sel des embruns
Et ouvre son cœur aux caresses des rencontres,
S'enivre autant des bonheurs que des ombres de sa vie,
La poète souffre avec le pauvre,
Partage avec lui son pain,

Savoure sa riche solitude,
Ponctuée d'éclats de rire avec ses amis,
La poète gouache dans sa mémoire
Les instants précieux,
Porte à ses enfants un amour immense,
Leur prodiguant des racines et des ailes,

Je la vois si belle,
Baignée dans la lumière de cette nouvelle aube,
Dialoguant avec son Dieu,
Je la vois si belle,
Versant des larmes d'or et de nostalgie,
Orpheline de ses chers disparus.

## 沙梨花

献给我的朋友真理子

白瓷般肤色的日本少女，
象征着典雅与细腻，
犹如沙梨花散发出爱的香气，
金褐色的眸子欲揭示秘密，
你走过后留下余香的甜蜜，
生活中的你表现出优雅与善意，
又一赏花时节在拥抱你，
美妙的春天为你打开新天际！

## Fleur de Nashi

A mon amie Maliko

Poupée japonaise au teint de porcelaine,
Tu incarnes le raffinement et l'élégance,
Telle la fleur de Nashi, tu exhales l'amour,
Ta prunelle de soie mordorée engage
À la découverte du mystère,
Le parfum suave de tes pétales se diffuse dans ton sillage,
Tu traverses la vie avec grâce et bienveillance,
Un nouvel Hanami s'ouvre à toi,
Printemps délicieux, promesse de nouveaux horizons !

## 法卡拉瓦之梦[①]

献给我的朋友维托

我潜入温暖半透明的海水中，
恰似宁静的绿洲、柔软的蚕茧，
任凭礁湖的波涛托着我起伏波动，
鱼儿在我身边自由游动，
绿松石色大海露出绚丽的美景，
多彩的鱼儿在柳珊瑚旁捕食捉虫。

---

① 法卡拉瓦是法属波利尼西亚的潜水胜地，又被联合国划为海洋动物特殊保护区。——译者注

## Fakarava, le rêve

A mon ami Vito

Je m'immerge dans l'eau translucide et chaude,
Les poissons volent autour de moi,
Véritable oasis de silence et douillet cocon de mer,
Je me balance au gré de l'ondulation
Délicieuse de la houle du lagon,
La mer turquoise laisse apparaître ses merveilles,
Une gorgone isolée où se regroupent
Les chirurgiens polychromes.

## 可爱的活动家

献给闺蜜乌努蒂

乌努蒂宛如海洋中金色美人鱼，
绿松石色海水拍打着白色沙滩，
尼奥环礁边长着石榴红木槿篱，
她的家乡是太平洋明珠大溪地。

乌努蒂从海里汲取柔情与勇气，
任凭普纳阿伊暗礁内海浪摇曳，
漂亮女豪杰钟爱艺术与艺术家，
鼓励艺术家创新去挖掘新技艺。

她象征着现代混血波利尼西亚，
以浓郁的人情味去拥抱全世界，

世界各地客人聚集在她的小屋，
用各自的语言讲述世界的未来。

她似阳光暖人心邀人倾诉真情，
黝黑的皮肤里散发出琥珀香气，
她那奇特的个性魅力追随着你，
令你魂牵梦绕期待着再次相遇。

## My sweet activist

A mon amie Unutea

Mon amie Unutea est une sirène blonde océane,
Elle vit sur une plage de sable blanc
Bordée d'une eau turquoise,
Dans un faré de niau tressé,
Protégé par une haie d'hibiscus rouge grenat,
Son île Tahiti Nui est délicatement posée
Sur l'océan Pacifique,

Mon amie Tea est une ilienne,
Qui tire sa force et sa douceur de la mer,
Bercée par le ressac des vagues sur le récif de Punaauia,
Belle amazone gracile,
Elle chérit les arts et les artistes,
Encourage la création et révèle les talents,

Elle incarne la Polynésie métissée et moderne,
Ouverte sur le monde et profondément humaine,
Son faré est un lieu de rencontre magique
Où se mêlent les invités d'ici et d'ailleurs,

Pour parler en différentes langues de l'avenir
Et des progrès du monde,

Unutea est un soleil qui réchauffe les cœurs
Et invite à la confidence,
De son sillage se dégage le parfum ambré
De sa peau gorgée de soleil,
Ainsi le charme de sa personnalité si singulière,
Vous poursuit et vous rend nostalgique de la revoir un jour.

## 马哈雷帕之梦

一波波海浪撞击着暗礁，
触手可及的天空雨如倾注，
浸透了木麻黄弯曲的树枝，
美丽的马哈雷帕令人陶醉。
马拉姆在我耳边低声吟唱，
“我焦心地等待你”，[①]
裹挟着我将我卷入凉爽的旋涡。
……“准备好，再生的时刻已到”……

---

① 这是塔希提当地的一首民歌，歌词是用塔希提方言谱写的。——译者注

## Songes de Maharepa !

Serait-ce le brisement de l'océan sur le récif,
La proximité du ciel dont les perles de pluie
Inondent les branches épineuses des aito !
Maharepa la belle m'a séduite,
Une nuit le maraamu est venu me murmurer
« Mihi au ia oe », m'a enserré pour m'élever
Dans son tourbillon de fraîcheur.
… « Prépare-toi, le temps du renouveau est arrivé »…

# 第三章　橘黄

# CHAPITRE III – JAUNE ORANGE

USA
PANA
PUERTO RICO
MEXICO
CHILE

# 一、梦境与旅行

# I. REVES ET VOYAGES

## 红月夜卡纳克人的舞蹈

月亮冒出捉弄人的心思，
这一夜它变得如痴如狂，
用苍白的光晕罩着大地，
将月光撒在平静的大海上。
快乐的海豚沐浴着月光，
在水中跳跃翻滚尽显疯狂；
鹦鹉鱼吐出的黏液球，
好似蚕茧在海中飘荡；
柳珊瑚竖起触须分泌黏液，
蓝石斑鱼在珊瑚丛中游荡，
偶遇悬在海底细沙上的鼬鲨，
龙虾长长的触角躲过断崖，
月尘为泻湖绿洲裹上素装；
信风为仙境送来潮气和热浪，
吹拂着岛上的高山与村庄；
红月放声大笑引来高浪，
高大的南洋杉遮住月光，
红月正为飞翔的皇鸠照亮，

红月给艺术家带来灵感，
令人心潮涌动释放欲望；
红月在诗人耳畔吟诗讴歌创意，
让卡纳克舞蹈者心花怒放，
一夜间红月竟变得任性倔强！

## Pilou de la lune rousse

Ce soir, la lune est d'humeur taquine,
Un brin de folie l'anime,
Elle jette amoureusement son reflet sur la mer calme,
Entoure la terre de son halo diaphane,
Les dauphins baignés dans cette clarté engagent
Leur ballet de séduction
Par une frénésie de plongeons et de vrilles,
Les poissons perroquet crachent leur boule de mucus
Qui se disperse en un cocon soyeux,
Les gorgones de mer dressent leurs tentacules
Et secrètent leur semence,
Tandis qu'un mérou géant bleuté promène sa nonchalance
Dans ce jardin de corail, il croise un requin léopard
En lévitation sur les fonds sableux,
L'oasis lagunaire se pare de poussières lunaires,
S'échappent d'une faille les antennes grêlées
D'une langouste porcelaine,
Les alizées se mêlent à cette féerie,
Diffusant leurs caresses chaudes et humides
Jusque dans les profondeurs des vallées
Et les hauteurs de l'île,

La lune rousse rit aux éclats,
Provoque les marées et appelle les naissances,
Les pins colonnaires filtrent ses rayons
Qui éclairent le vol des notous,
La lune rousse nimbe les cœurs,
Libère les désirs inavoués, souffle l'inspiration aux artistes,
La lune rousse enfièvre le pilou des danseurs,
Murmure des vers aux âmes des poètes,
Exalte la créativité,
L'espace d'une nuit, la lune rousse s'est faite rebelle,
Caprice assumé d'un astre céleste !

### Lexique

*Pin colonnaire* : conifère, emblème végétal de la Nouvelle-Calédonie.

*Notou* : gros pigeon endémique à la Nouvelle-Calédonie.

*Pilou* : danse traditionnelle kanak

## 日本金鱼

一朵粉红的睡莲随水波荡漾，
轻巧地贴在淡绿的齿叶上，
蜻蜓轻轻掠过柔软的花瓣，
好似贴着真丝鱼标飞翔，
日本金鱼在池塘中来回游荡，
东锦拖着黑黄斑点的长尾，
羞怯地浮至水面来吸氧，
转眼间竟消失得不知去向！

## Les japonaises

Au fil de l'eau glisse une fleur de nénuphar rose au pistil ocre,
Délicatement posée sur une feuille verte
Dentelée couleur céladon,
Une libellule frôle les doux pétales veloutés,
Véritables herses de soie,
Tandis que dans l'eau sombre de l'étang
Se faufilent les japonaises,
Carpes placides aux robes mouchetées
D'éclats noirs et oranges,
Remontant timidement à la surface
Pour capturer l'air frais et s'évaporer en un instant !

# 灵魂之歌

拿起画笔我心欢愉，
形态与色彩涌出心底，
赋予无声画板丝丝灵气，
诗句撞击我的心，
唱出另一支新曲。
诗歌韵律倾诉我的心意……

## Chant de l’âme

Quand je prends mon pinceau mon âme se met à chanter,
Des couleurs et des formes émergent dans mon esprit,
Et colorent la toile muette qui prend vie,
C’est alors que survient un autre chant,
Celui des mots qui fait battre mon cœur.
Au rythme de la poésie et du son respirant de mes rimes...

## 脱壳

正在脱壳的蛹，
外壳发出噼啪撕裂声，
一只蝴蝶即将诞生，
微湿的翅叶点缀着神奇花纹，
柔弱的翅膀欲展开升腾。

## Eclosion

La chrysalide effectue sa mue,
Le papillon est en devenir,
Craquements et déchirements d’une éclosion,
Deux ailes frêles aux écailles humides se déploient,
Ornées de fantasques arabesques moirées.

## 神圣的微景

盆景向天空伸出臂膀，
似向大自然母亲呼唤，
茂密的枝叶展成一把蒲扇，
扭曲的树干打结向外舒展，
一片片苔藓满布树干，
庄严的微景堪比神圣奇观。

## Miniature divine

Le bonsaï élève ses bras vers les nues,
Puissante supplication à mère nature,
Les branchages feuillus s'épanouissent tel un éventail,
Le tronc tortueux s'étire et se noue,
Des ilots de mousse fluorescente parsèment le bois.
Miniature sublime, reflet de l'essence divine.

## 西风

西风横扫平原，
吹拂沉睡的李树，
摇曳淡绿色的稻田，
把一根根细竹吹弯，
将草种吹向彼岸，
给农民送来凉爽感。

西风刮向江河水面，
汇入九曲十八湾，
摇动小艇吹跑小船，
雕琢巨石风蚀山岩，
瞬间黑夜降至冰点，
似向冬月表白求欢。

## Le vent d’Ouest

Le vent d’ouest balaie la plaine,
Essaime les grains de pollen
Et caresse les pruniers endormis,
Plie la bambouseraie et rafraîchit les paysans,
Souffle sur les champs des rizières céladons,

Le vent d’ouest glisse sur le fleuve
Et s’entremêle à ses méandres,
Agite les frêles esquifs et repousse les jonques,
Sculpte les roches et imprime la pierre,
Glace les nuits pour se fiancer à la lune d’hiver.

## 神道庙

檀烟缭绕赞歌起，
僧人拜神念经急，
天地汇合光影落，
香客俯身祈福莅。

## Temple shinto

Une psalmodie s'élève sous les volutes des fumées d'encens,
Prière d'un moine devant les divinités de la nature,
Irrésistiblement, terre et ciel se rejoignent,
Alors que la lumière du shinto descend,
L'assemblée s'incline pour recevoir la bénédiction.

# 二、温暖的阳光

# II. LE SOLEIL DOUX

# 美食

大海今晨掀起波澜，
贪婪地舔着海岸，
吞没每一片沙滩，

侵蚀碧绿葱郁的草原，
抢在阳光前面，
饱尝露珠的芳鲜，

警觉的露兜树垂下枝帘，
伸出尖叶饱蘸蓝色的波澜，
让大海把果实撒向深蓝。

## Gourmandise

Ce matin la mer était haute,
Gourmande, elle venait lécher le rivage,
Dévorant chaque once de plage,

Pour vite atteindre l'herbe encore fraîche,
Et cueillir les perles de rosée parfumées,
Avant que le soleil ne les dérobe,

Un pandanus aux aguets penchait de toutes ses fibres,
Etirait ses feuilles pointues pour atteindre la belle bleue,
Impatient de la féconder de ses fruits mûrs.

## 无法抵御的魅力

依恋的纽带虽不可见，
却似一股出乎意料的神力，
宛如树木、图腾和大海的精灵，
有时仅需一个媚眼一丝笑意，
即可展现神奇的魅力，
令人无法抵御。

## Fatale attraction

Comme les esprits des arbres,
Des totems et de la mer,
Les liens d'attachement sont invisibles
Mais d'une force insoupçonnée,
Il suffit parfois d'un échange de sourires,
De regards pour nous plonger
Dans une attraction magique, fatale.

## 宝石般的美感

南洋杉的枝条挑逗天空，
弯弯曲曲随风舞动，
犹如快乐的爬虫，
云层让冬海变得朦胧，
蓝宝石般的海面上，
映照出一张张瞬间万变的面容。

## Beauté du caillou

Les cils des pins colonnaires chatouillent le ciel,
S'articulent tels des vers joyeux dansant au gré du vent,
Les nuages matifient le bleu d'hiver,
Sur le jeu de figures éphémères,
Qui se mirent sur la surface aigue marine de la mer.

## 群岛的乐趣

岛国是一种幸福，
任人慢慢享受，
海浪声声意境难抒，
大海蓝天光彩夺目，

在沙滩懒洋洋领受阳光热度，
任凭海盐咬噬皮肤，
小鸟鼓翅，微风吹拂，
波利尼西亚，我的神圣净土！

## Plaisir des îles

L'insularité est un bonheur,
Qui se laisse savourer lentement,
Au son du clapot délicieux des vagues,
Nimbée des couleurs lumineuses du ciel et de la mer,

Le corps alangui par la chaleur du sable et du soleil,
Je goûte la morsure du sel sur ma peau.
Une petite brise légère, le vol d'un oiseau,
C'est mon Eden à moi, la polynésienne !

## 绒绒的羽毛

夏日明亮的白昼，
沉湎于微风的节奏，
恰似一支羽毛扶摇飘悠，

爱情饱含惊喜与温柔，
夏日明亮的白昼，
宛如令人陶醉的撩逗。

## Plume de velours

Telle une plume qui virevolte
Au gré de la brise douce,
Un jour lumineux d'été,
L'amour est ainsi, doux et inattendu,
Comme une caresse enchantée,
Un jour lumineux d'été.

## 启示

穿越圣山一道道朱红鸟居，
美景目不暇接令人怦然心动，
缓缓攀登庙宇的层层台阶，
仿佛听到蟋蟀在呼唤你的姓名，
竹林中似乎看到你的面容，
微风轻拂低声吟诵我们的爱情，
我恨不得即刻扑入你的怀抱，
重温我们的热吻与激情。

## Révélation

Sur cette montagne sacrée aux mille toriis vermillons,
Alors que je gravissais les marches du sanctuaire,
Les yeux éperdus de tant de beauté et le souffle court,
J'entendais les « suzumuchi » scander ton nom,
Alors que ton visage s'imprimait dans les bambous,
La brise fine me caressait en murmurant notre amour,
Il me tarde tant mon aimé de te retrouver,
Pour goûter avec toi la plénitude de nos baisers.

Lexique

*Torii* : portail traditionnel japonais qui orne les temples shintoïstes

*Suzumuchi* : grillons japonais

# 后乐园的珍宝

我心依旧停留在后乐园。
在金鱼池旁流连忘返，
水面涟漪摇曳着睡莲，
似听闻祖父母步履蹒跚。

后乐园的时光温馨甘甜，
巨大的盆景将我遮掩，
朱红小桥见证无数浪漫，
在我脚下微微轻颤。

后乐园映衬出落日余绚，
飘逸的身影时隐时现，
好似一对对情人在热恋，
相互接吻共谱柔情诗篇。

身影陶醉于神奇的后乐园，
沿着幽幽曲径往往返返，
兴奋的蟋蟀奏出柔曲连绵，
撒满岩石的月光似珍珠串串。

## Trésors de Korakuen

Mon cœur est resté dans les jardins de Korakuen,
Près de l'étang sombre aux carpes d'or.
Les aïeules ridées sont venues me saluer de leurs pas lents,
Emergeant du lit ondoyant des nénuphars moirés.

Que les heures étaient douces à Korakuen,
Les bonsaï géants m'y ont couverte de leur ombres,
Le pont vermillon témoin de mille romances,
Craquait joliment sous mes pas,

Korakuen ma douce, au reflet évanescent,
Peuplées de silhouettes éthérées,
Fantômes des amants au cœur palpitant,
S'échangeant des baisers et des vers passionnés,

Merveilleuse Korakuen, qui captiva mon ombre,
Elle se promène toujours le long des chemins de traverse,
Admirant les perles de lunes qui cascadent sur la roche,
Sous le concert acidulé des suzumuchis enfiévrés.

## 御园

一石一树尽为孝道讴歌，
孝子为父母建造红亭，
期望双亲长命百岁，
健康地生活在浓浓爱意中。

池塘的金鱼，刺骨的寒风，
记载着你们幸福的心境，
开心的孝子，幸福的长辈，
千百年孝道始终备受推崇。

## Yuyuan garden

Chaque pierre, chaque arbre chante l'amour filial,
De ce fils qui bâtit un pavillon rouge pour ses parents,
Il souhaite prolonger leur vie de cent ans!
Dans l'amour et la pleine santé.

Les carpes de l'étang et le vent glacial,
Garderont votre cœur heureux,
Heureux fils, heureux parents,
Dont la piété filiale sera louée durant mille ans.

作者简介：

卡琳娜·培曼，1970 年 9 月 27 日生于塔希提的一个华裔家庭里，虽然从小在这片充满波利尼西亚风情的法国海外领地生长，但她在家中一直受中国文化的熏陶。她在法国获得法律硕士学位。1996 年结婚后，育有三个子女。丈夫英年早逝让她萌生用诗歌和绘画来缓解痛苦的欲望。卡琳娜现为新喀里多尼亚中国友好协会主席。个人网站：http://karine-shan-artist.com，邮箱：karineshan@yahoo.com。

**Auteur:**

Karine Shan naît au sein d'une famille chinoise de Tahiti. Elle grandit au cœur de la culture chinoise sur un territoire français d'outre-mer teinté d'exotisme polynésien. Après avoir obtenu son master de droit en France, elle se marie en 1996 et à trois enfants. Le décès de son mari déclenchera le besoin de s'exprimer au travers de l'écriture et de la peinture. Depuis, elle cultive son art grâce auquel elle a retracé ses origines et son identité de femme chinoise polynésienne et d'artiste. Elle vit actuellement en Nouvelle-Calédonie et est la présidente de l'association d'amitié sino-calédonienne. Son site internet : http://karine-shan-artist.com; et son adresse mail : karineshan@yahoo.com.

译者简介：

袁俊生，毕业于北京第二外国语学院并留校任教。曾在联合国教科文组织总部（巴黎）工作，现在浙江越秀外国语学院任副教授。主要译著有中短篇小说《唬——小黑猫成长记》《说烦了爱》《风月趣谈》；人物传记《永远的小王子》《兰波传》《杜尚传》；文学理论著作《超现实主义宣言》；科普读物《孤独的真相》以及艺术史著作《维米尔》等 40 余部作品。

**Traducteur:**

Diplômé de l'Institut des langues étrangère N°2 de Pékin, il enseignait le français dans le même Institut. Pendant quelques années, il travaillait à Unesco à Paris où il a entamé la traduction. Depuis sa rentrée en Chine, il a traduit successivement une quarantaine de livres dont notamment *Les cent contes drolatiques* d'Honoré de Balzac, *Rrou* de Maurice Genevoix, *Assez parlé d'amou*r d'Hervé Le Tellier, *Le Manifeste du Surréalisme* d'André Breton. Il donne actuellement des cours de traduction à l'Université des langues étrangères de Yuexiu, Zhejiang.